CW00670439

Le changelin

Marie-Aude Murail

Le changelin

Illustrations de Yvan Pommaux

Mouche

l'école des loisirs

11, rue de Sèvres, Paris 6ᵉ

© 1994, l'école des loisirs, Paris
Loi n° 49.956 du 16 juillet 1949 sur les publications
destinées à la jeunesse : mars 1994
Dépôt légal : mars 1997
Imprimé en France par Maury à Manchecourt

Pour Pépé et Mémé
chez qui le changelin est né
entre Noël et la nouvelle année

I

La Marion du Moulin accoucha à la nuit. On emmaillota l'enfant à la lueur des bougies. Puis chacun s'alla coucher. Au matin, quand le meunier se pencha sur le berceau, il eut un recul de peur. L'enfant avait une couronne de cheveux roux comme des flammèches dansant autour de sa tête et des yeux d'un vert tout simplement trop vert.

– Ma… Ma… Marion! hurla le meunier, prêt à jeter l'enfant hors du lit et sa femme hors de la maison.

Une commère s'approcha du berceau et, joignant les mains :

– Seigneur Dieu, s'écria-t-elle, un changelin !

Le changelin, c'était moi. Si on me donna un autre nom, je n'en sus rien. On m'appela « le changelin ». J'étais pourtant comme les autres enfants. Je savais me battre et frapper les oiseaux en plein vol d'une pierre à ma fronde. Et si mes parents ne m'aimaient pas, si mon nom n'en était pas un, à sept ans, ça ne changeait rien. Je voulais voir le monde.

– Aller au château? s'étouffa mon père quand je lui en fis la demande. Pour quoi faire?

– Pour être l'écuyer de Messire Colin.

– Mais tu ne sais donc pas que tu es l'enfant des…

– Ne dis rien! cria ma mère. Ou il se vengera. Le lait tournera, mon beurre ne prendra plus, la vache crèvera, le chat attrapera la gale.

Je m'enfuis dans les prés, poursuivi par la comptine des enfants: «Change, lutin, change un ange en changelin.» Sottises! Si j'étais l'enfant des fées, comme ils le prétendaient, je me nourrirais de vers luisants. Je n'étais que l'enfant du meunier avec le malheur d'être né rouquin.

– Oh, Rosamonde, regardez!

À ce cri, je me retournai. Deux femmes me dévisageaient. La plus jeune avait trois petits chiens qui paraissaient et disparaissaient en soulevant son manteau de satin blanc.

– Un roux, ça porte malheur, dit la plus vieille.

– C'est un bel enfant, dit la plus jeune.

Je lui souris.

– C'est le changelin, me reconnut la vieille malfaisante. Hou ! Hou !

Elle battait l'air des mains pour

me chasser. Je m'en fus en courant, mais j'entendis tout de même la plus jeune s'exclamer :

– Pauvre petit, vous l'avez effrayé !

D'un trait, je fendis les blés. Puis je me couchai dans l'herbe, des larmes tremblant au bout de mes cils.

Le sel des pleurs me fit plisser les yeux. Quand la première larme toucha le sol, elle fit la cabriole sur les mains, lançant ses jambes au ciel.

La deuxième larme, déjà, redressait la tête, brillante comme une tête d'épingle. Elles disparurent sous la mousse quand la troisième étirait son échine transparente.

Les larmes sont des elfes légers.

II

Mon père fut étonné, le lendemain matin, de trouver à sa porte la dame du château. Elle aurait bientôt un enfant, lui dit-elle, et ne pourrait plus promener ses chiens. Elle voulait un page pour mener courir ses carlins. Caprice de grande dame.

– Et… et vous voulez le change-lin ? bégaya mon père.

Elle fit un signe de tête en me dévisageant. Mes joues s'enflammè-rent. C'était la jeune dame qui m'avait appelé « pauvre petit ». Elle était bien frêle, sa natte blonde ployant sa tête vers son épaule.

Ce soir-là, je l'appris en écoutant mes parents: depuis trois ans, le châtelain et sa femme espéraient un enfant. Les fées les avaient enfin exaucés!

– Mais Dame Rosamonde ne vivra pas longtemps, marmonna ma mère en me tendant mon balluchon. Prends la vie comme elle vient, changelin.

Le château de Dame Rosamonde avait tant de tours perçant les nuages et tant de marches à chaque tour qu'on ne pouvait les compter. Dans la cour, je revis la mauvaise vieille.

C'était Dame Guenièvre, la sœur du châtelain et la mère du jeune Colin.

– Ne pourrais-je servir d'écuyer à Messire Colin ? demandai-je à Dame Rosamonde.

– Occupe-toi de mes chiens, me répondit-elle.

Ils étaient trois, au museau renfrogné, trois petits carlins, Gremlin,

Grondeur et Gobelin, qui m'accueil-
lirent de jappements méfiants. Je
plissai les yeux et les chiens s'aplati-

rent devant moi en gémissant. Dame
Rosamonde saisit mon visage entre
ses mains et le tourna vers elle.

– Es-tu vraiment un changelin?

– Je suis l'enfant du meunier.

– Seras-tu un bon serviteur?

– Le meilleur.

La châtelaine poussa un soupir:

– Si peu de gens m'aiment ici…

La vie ne me fut pas douce au château.

Dame Guenièvre avait répandu le bruit que je n'étais pas humain. Bientôt, le marmiton prétendit que j'avais ôté la rôtissoire du feu sans me brûler les mains. L'écuyer m'avait vu me couper le doigt à sa dague et le sang n'avait pas coulé. Le jeune Sire Colin, dont j'avais espéré l'amitié, me jetait des cailloux pour m'éloigner. Si peu de gens m'aimaient...

La nuit venue, je m'agenouillais devant la cheminée, les carlins couchés près de moi. Pour filtrer la lumière du feu, je plissais les paupières.

Alors, derrière les chenets, le nain Spark ouvrait ses yeux de diamant et me tirait sa langue de braise, puis Puck son compère, pour se jouer de moi, faisait craquer ses doigts de bois.

– À quoi rêves-tu? me demandait la voix inquiète de Dame Rosamonde.

– À rien.

Le petit peuple[*] apparaît à ceux qui ferment les yeux un peu plus qu'à moitié.

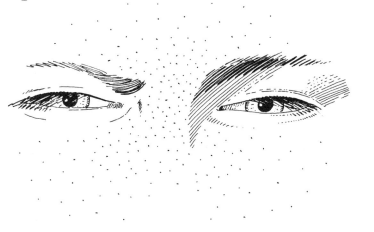

III

Pépé Poussière, marchand de sommeil de son état, m'avait ce soir-là lancé double ration de sable dans les yeux. Je dormais donc profondément. La journée avait été rude. Dame Rosamonde avait tant souffert et crié que le bébé était né. Toute la maisonnée ronflait, même la malfaisante qui ne voyait pas d'un bon cœur cet enfant nouveau-né.

– Veille sur le bébé, m'avait demandé ma maîtresse.

Je m'étais couché au pied du berceau, les carlins serrés contre moi pour me réchauffer. Mais je dormais.

Un claquement sec m'éveilla en sursaut. L'obscurité autour de moi bruissait de chuchotements :

– Là, là, ici, ici, disaient les voix.

En me redressant à tâtons, je heurtai un petit sabot de bois échappé du pied d'un...

– Allumez, allumez, disaient les voix.

Une lanterne se mit à briller dans la nuit. Mal réveillé, clignant des yeux, je les vis : six petits hommes à barbe blanche, du houx piqué à leur bonnet. Les tomtes !

– Non ! criai-je, quand ils se penchèrent sur le berceau.

Le vieux Grila vit son sabot dans ma main et grommela dans sa barbe. Ludi, le chef des tomtes, s'approcha de moi et me jeta un sort. Immobile

et glacé, j'assistai impuissant à l'enlèvement de l'enfant. Grila prit dans ses bras Demoiselle Ariane, la fille de ma maîtresse, et Ludi posa sur l'oreiller un vilain bébé, la fille des fées. Pépé Poussière me souffla mille grains de sablc dans les yeux et je m'effondrai dans un sommeil de plomb.

– Quel vaillant chien de garde! plaisanta le châtelain à mon réveil.

Tout grâces et tout sourires, il se courba sur le berceau. Mon Dieu, qu'allait-il dire en voyant la change-line?

– Bonjour, Ariane, bonjour, gazouilla la voix de mon maître.

Il ne voyait rien! Les tomtes l'avaient aveuglé. Quand j'apportai le bébé à Dame Rosamonde, elle le serra tendrement contre son sein. Elle ne voyait rien!

J'étais le seul à savoir que les

tomtes avaient enlevé Demoiselle
Ariane.

Je courus dans le bois et m'allongeai sur la mousse pour réfléchir.
Si je parlais, qui me croirait? Les
poings contre les tempes, les yeux

clos un peu plus qu'à moitié, je réfléchissais. Soudain, je les vis toutes deux, juste sous mon nez, pas plus hautes que des brindilles.

– Vous ne savez donc pas ? dit la fée Fayette.

– Quoi donc ? demanda la rude Tourmentine.

La nymphe des liserons se drapa dans sa cape en aile de papillon et chuchota à l'oreille de sa laide voisine :

– Le bébé volé est mort, ce matin.

– Enfer et Carabas ! Que va faire la Reine des fées ?

– Eh, tiens ! Reprendre son bébé.

J'écarquillai les yeux d'horreur. Fayette et Tourmentine fondirent dans un rayon du soleil. Seul, j'étais seul à connaître la terrible nouvelle.

IV

Je devais empêcher ce second enlèvement. Demoiselle Ariane n'était
qu'une changeline. Mais un bébé de
fées vaut toujours mieux que pas de
bébé. Dame Rosamonde mourrait de
chagrin si le bébé lui était volé. Je
voulus reprendre mon poste au pied
du berceau, mais la malfaisante m'en
chassa :

– Hou ! Va-t'en, porte-malheur !

À la nuit, je revins furtivement et
me cachai avec mes trois carlins

derrière le grand manteau de la cheminée. Pépé Poussière ne m'y trouverait pas.

Minuit sonna. La porte de la chambre s'ouvrit lentement. Je me tenais prêt à bondir sur les tomtes et à mener grand tapage. La lune passant le nez par la fenêtre éclaira alors un curieux spectacle : la sœur du châtelain, Dame Guenièvre, dans son habit de veuve, avançait à pas prudents vers le berceau. Elle tenait un édredon de plumes dans les bras.

Je ne pus retenir mes chiens. Grondeur jaillit du mur, Gobelin aboya et Gremlin mordit la vieille au talon.

– À l'aide, à moi ! appela la malfaisante.

Le châtelain accourut et je calmai
mes chiens.

– Que se passe-t-il ici ? tonna la
voix de mon maître.

La mauvaise vieille dit, d'un ton
douceâtre, qu'elle avait eu peur du
froid de la nuit pour le bébé et avait

apporté un bel édredon douillet.

– Et ce fou s'est jeté sur moi avec ses chiens !

Furieux, le châtelain chercha des yeux le tisonnier pour m'en frapper. Mais une voix l'en empêcha :

– Laissez, mon seigneur. Le changelin croyait bien faire.

Dame Rosamonde, à demi évanouie, s'appuyait au chambranle de la porte.

– Quelle imprudence, ma tour- terelle, roucoula Dame Guenièvre. Retournez vite à votre lit.

Sans lui répondre, Dame Rosa- monde m'ordonna :

– Donne-moi ma fille.

Au matin, la châtelaine me fit venir près d'elle :

– Changelin, tu as sauvé Ariane. La vieille voulait l'étouffer sous l'édredon. Personne ne me croira. Moi seule, je le sais.

Quelle naïve ! Elle ignorait le vrai danger auquel la changeline avait échappé.

– Changelin, je suis fragile. Je mourrai peut-être avant qu'Ariane ne soit grande. Promets-moi de la protéger toujours comme tu l'as fait, promets-le-moi.

Je promis. Ma maîtresse mourut le lendemain.

V

J'avais huit ans et une lourde tâche à accomplir. Le châtelain, perdu dans son chagrin, ne se préoccupait plus de l'enfant juste née. Quant à la malfaisante, elle avait abandonné Demoiselle Ariane aux servantes, espérant qu'elle dépérirait bientôt. Ainsi le château reviendrait à son Colin. Mais c'était compter sans moi. J'écartais le bébé du feu, je la berçais quand elle pleurait, j'ôtais la crème de son lait. Et Ariane grandit.

Quand elle eut dix ans, le châtelain s'étonna de posséder une fille si étrange, sombre de peau et d'humeur, aimant plus que tout le galop de ses chevaux.

– C'est le fils que je n'ai pas eu, dit-il, enfin consolé.

J'aurais pu être heureux de ce changement, mais le bonheur ne vient pas facilement aux changelins. Demoiselle Ariane avait appris de Colin à se moquer de moi. Elle posait son pied botté au creux de ma main pour sauter sur son cheval puis, une fois juchée, elle me repoussait d'un coup de cravache :

– Rentre sous terre, changelin,
chez les lutins!

Quand elle revenait de sa che-
vauchée, rompue de fatigue, elle se
laissait glisser dans mes bras :

– Porte-moi chez Colin !

Bien des fois, l'envie me prit de
quitter le château. Mais la promesse
faite à Dame Rosamonde me rete-
nait. Et le secret que moi seul déte-
nais.

– Pourquoi souris-tu ? me demandait Demoiselle Ariane en me
pinçant le bras.

Pince et mords, changeline !
Quand je te porte, tu ne pèses pas
plus que la fève des pois.

Un soir que je cherchais un de
mes carlins, le vieux Grondeur tout

grisonnant, je longeai l'appartement de Dame Guenièvre. Je l'entendis qui parlait à Colin, de l'autre côté d'une tenture :

– Nous n'avons pas pu la tuer, dit-elle. Mais elle est si vilaine et si sauvage que personne ne voudra d'elle. Dans trois ans, nous l'épouserons et l'or du vieux sera à nous.

– Épouser cette noiraude ! se récria Colin. Pas pour tout l'or du monde !

– Épouse-la, mon fils. Les rivières sont profondes.

Affolé, je courus hors du château et m'allongeai dans l'herbe. Comment tenir ma promesse à Dame

Rosamonde? Comment sauver Demoiselle Ariane? Un coup de pied me tira de ma songerie.

– Veux-tu rentrer sous terre chez tes parents? se moqua Demoiselle Ariane.

– Qui sait? dis-je en me relevant.

La demoiselle me jeta un regard inquiet:

– Tu n'es pas l'enfant des fées, mais un pauvre rouquin.

– Qui sait? répétai-je en faisant briller mes yeux trop verts.

Ariane me gifla à la volée.

– La Reine des fées me vengera! criai-je, la menaçant du doigt.

Ariane se sauva en riant. Va,

cours encore! La changeline sera au changelin. C'est la Reine des fées qui l'a dit.

VI

Demoiselle Ariane parlait souvent devant moi à haute voix. Un changelin, ça compte pour rien. Ce jour-là, elle brossait ses longs cheveux noirs devant la glace.

– Ma mère était blonde, dit-elle à son reflet, et mon père est blond. Pourquoi suis-je si brune ?

Gremlin faillit s'étouffer de rire et Gobelin mit le museau entre ses pattes en pouffant. Comme moi, ils se souvenaient du jour où Grila avait fait l'échange.

– Pourquoi ris-tu ? cria Demoiselle Ariane en me jetant sa brosse à la tête. Je suis ta maîtresse et tu ne dois pas rire de moi.

Cette fois, c'en était trop.

– Vous n'êtes pas ma maîtresse. Les tomtes l'ont volée. Vous n'êtes que la fille des fées !

– Menteur ! Menteur !

Mais j'avais la preuve de ce que je disais. J'avais gardé sous mon oreiller le sabot du tomte Grila. Je courus le chercher.

– Où est-il ? me demanda Ariane.

– Dans ma main. Mais il est trop petit pour vos grands yeux. Plissez-les un peu plus qu'à moitié et vous le verrez.

Ariane cligna, cilla, loucha.

– Je ne vois rien ! s'écria-t-elle.

– Alors, fermez les yeux.

Elle m'obéit et j'en profitai pour l'embrasser.

– Il ne faut pas, dit-elle en me repoussant. Je suis promise à Colin. Dans trois ans, je serai mariée.

Et dans quatre ans, morte et oubliée.

– Patience, murmurai-je.

De la patience, il m'en fallait. Ariane m'aimait, mais comme peuvent aimer les filles des fées. Elle me bousculait, me tirait les cheveux. Tout le jour, comme une mouche importune, elle me tournait autour, riant, criant, se moquant. Elle en fit tant que Dame Guenièvre s'en aperçut et pressa son frère de célébrer le mariage d'Ariane et de Colin.

– Ariane n'a pas treize ans, protesta son père.

– Qui d'autre en voudra ?

répondit Guenièvre. Si vilaine et si sauvage !

Elle insista si bien que le châtelain décida de marier les cousins au printemps suivant.

Les jours précédant la noce, des troupes de jongleurs et de montreurs d'animaux montèrent au château. Parmi les cracheurs de feu, les faux ours, les vrais singes, se tenait une vieille femme en haillons. Colin lui avait jeté un seau d'eau grasse pour la chasser. En secret, je lui fis signe et la conduisis aux cuisines. Les marmitons y alimentaient un feu d'enfer et la fumée des rôtis picotait les yeux. Je menai la mendiante près de la cheminée :

– Asseyez-vous là, dis-je, les yeux tout larmoyants et fermés un peu plus qu'à moitié. Je vais vous chercher de quoi dîner.

Avais-je soudain la berlue ? La vieille s'était assise et trois lutins étaient installés sur ses genoux, bras et jambes croisés. Ils étaient sans doute sortis de ses poches.

– Que dites-vous, mon cher Pixie ? dit l'un des lutins. La malfaisante veut tuer le châtelain et sa fille ?

– Elle empoisonnera leur vin, mon cher Nantrou, répondit Pixie.

– Et elle accusera le changelin de les avoir tués par jalousie, ajouta le dernier lutin.

– Joli tour, ricana Nantrou. Le changelin sera pendu.

J'étais donc prévenu.

VII

Dans une tour du château, Ariane tempêtait et criait qu'elle ne voulait pas épouser son cousin, qu'elle aimait peut-être quelqu'un d'autre, qu'elle préférait finir au couvent !

– Je ne comprends rien aux filles, se lamentait son père. Qu'elle aille au diable !

– Laissez, lui dis-je, j'aurai tôt fait de la raisonner.

Il me fallut peu de paroles.

– Tout va bien, dis-je au châtelain. Que la noce se fasse demain.

Le lendemain, les cloches son-
naient à travers tout le pays. Dans
la cour du château, les jongleurs fai-
saient voltiger leurs torches et leurs
quilles. Demoiselle Ariane s'avança
au milieu des vivats. Guenièvre pro-
posa de boire au bonheur des futurs
mariés. Sur un plateau doré, elle
présenta une coupe à son frère et
une à Ariane. Puis, prenant deux
coupes sur un plateau d'argent, elle
en tendit une à Colin et porta l'autre
à ses lèvres. Ni lui ni elle n'eurent le
temps de comprendre ce qui leur
arrivait. Ils étaient déjà morts.

Des gens prétendirent par la suite que j'avais surpris Guenièvre versant du poison dans deux coupes sur quatre et que j'avais échangé les plateaux. Mais les gens parlent à tort et à travers. Ils crient au changelin quand il n'y a qu'un rouquin et, lorsque passe la Reine des fées, ils la prennent pour une mendiante mal fagotée. Le monde ne se voit bien qu'en plissant les yeux – un peu plus qu'à moitié.

J'ai épousé Ariane, l'an passé. Ma changeline n'est pas douce. Elle est plus souvent à cheval que devant son feu. Mais, la Reine des fées m'en soit témoin, je ne l'échangerai pas contre tout l'or des nains.